문학과지성 시인선 330

나는 나를 묻는다

이영유 시집

문학과지성사

문학과지성사에서 펴낸 이영유의 시집

그림자 없는 시대(1994)
홀로 서서 별들을 바라본다(1995)
검객의 칼끝(2003)

문학과지성 시인선 330
나는 나를 묻는다

펴 낸 날 2007년 2월 9일

지 은 이 이영유
펴 낸 이 채호기
펴 낸 곳 ㈜**문학과지성사**

등록번호 제10-918호(1993. 12. 16)
주   소 서울 마포구 서교동 395-2(121-840)
전   화 02)338-7224
팩   스 02)323-4180(편집) 02)338-7221(영업)
전자메일 moonji@moonji.com
홈페이지 www.moonji.com

ⓒ 김진숙, 2007. Printed in Seoul, Korea

ISBN 978-89-320-1756-3

문학과지성 시인선 330

나는 나를 묻는다

이영유

2007

시인의 말

놀 땐 놀고
일할 때도 놀자

2003년
이영유

나는 나를 묻는다

차례

시인의 말

누가 내 집 위에 집을 짓자고 한다면　7

홀로 물을 헤치고 돌아가다　8

몸은 언제나 가혹하다　9

낮잠　10

그림자는 그림자들끼리　11

落葉　12

品格에 대하여　13

境界를 넘기까지　14

시방세계　15

마음의·그늘　16

잠시, 나를 내려놓고　18

나날의 들숨　20

빈산　22

으슥한 곳에, 이르다　23

두 잔의 물　24

저, 건너　25

나는 암이다 7　26

왕국의 동물　28

관광버스　30

달 지는 남쪽　32

티베트 打令　34

客死　36

슬픈 地熱　38

타클라마칸　39

동창회 월보, 타클라마칸　40

모래들의 잠, 타클라마칸　42

타클라마칸 2　44

나는 암이다 3　46

몸매　48

不和　50

다시, 희망을 이야기한다　52

나 홀로 두리번거리다　55

빈 들판에서 들려오는 목소리　56

對話　58

나에게 물처럼 다가오다　61

不歸의 客　62

호박의 東洋的 마음 씀씀이에 대하여　64

해수관음　66

나는 암이다 2　68

진눈깨비　70

光化門에서　72

하면 하고 말면 마니　74

隱者, 如是說法　75

賢者, 如是我聞　76

나는 암이다 10　78

나는 암이다 6 80

나는 암이다 11 82

호박을 어깨에 얹고 돌아오다 83

시골 武士 이야기 84

시골 武士 이야기 2 86

시골 武士 이야기 3 88

시골 武士 이야기 4 90

나의 일 91

나는 암이다 5 92

외눈박이 나무 94

나는 나를 묻는다 96

해설 | '어쩔 수 없음'의 해학(諧謔)과 자학(自虐) 사이 · 함성호 97

누가 내 집 위에 집을 짓자고 한다면

나는 집을 버릴 것이다
식구들을 버릴 것이고
아들과 딸, 이웃들을
버릴 것이다
그래서 내 집이 하늘 아래
홀로 빛날 때
나는, 개천 건너
버드나무에게로 가
하늘과 집과 식구들과
이웃들에 대해서
이야기할 것이다
마치, 너처럼 지상에 뻗은
뿌리처럼
날개를 달아달라고,
그리하여,
나는 식구들을 버리고
아무도 따라 흐르지 않는
개울물이 될 것이다

홀로 물을 헤치고 돌아가다

구부러진 江
구부러진 물

넓은 개울
넓은 물

한낮의 햇살
밤으로 가는
오랜 여울

새벽빛으로
살아나는
어두운 물

水草들의
잔물결

구부러진 歲月
깊은 물

몸은 언제나 가혹하다

몸은 언제나 가혹하다
보이지 않는 것을 보게 하므로
들을 수 없는 것들까지 듣게 하므로
말도 아닌 말을 할 수 있으므로
주인 없는 집이다
앗, 불사!

내가 나를 놓고 있었구나
아무렇게나 버려두고 있었구나
어둠이 오고 깜깜한 밤이 되어서야
몸은 나에게 속삭인다
얼마만큼 가면 환할 수 있겠니,
잘 봐!

낮잠

온종일
진종일
하루 종일
허구헌 날,
딴 소리만 늘어놓다가
몸을 떠난다

나는 그곳에 없었던 거다

아침에도
새벽에도
한밤중에도
남은 듣거나 말거나, 줄창
헛소리만 늘어놓다가
나를 떠난다

너는 거기 없었던 거다

그림자는 그림자들끼리

가을은 짧다
여름도 짧더니
지난봄은 언제 갔는지
기억조차 가물가물,

겨울이 오는데
누군가 돌팔매질을 하는지
내 앞에 짱돌이 한 개
툭, 떨어진다

벌써 눈치들 채고 있었구나
불쌍한 것들……

落葉

이제는 별로 마음 둘 일 없네
바람 불고 하늘 높으니
그 氣韻 따라갈밖에
창문을 두드리던 빗방울들
먼 과거로 흘렀고
새롭게 비가 오기 시작하네

새들도 둥지를 찾는 시간
떠돌고 흐르다
오랜만에 찾은 靜寂, 얼마큼
맴돌아야 서로 얼굴 볼 일 생길까
해 뜨고 기운 서늘하니
옹근 마음 풀어놓네
그만

品格에 대하여
─ 품격, 그리고 한문을 쓴다

나, 스스로가 품격의 기준이므로
품격은 나이다
혀에 모터를 달고 끝없이 굴려보라
무슨 소리가 나는지,

하여간 품격은
나로부터 벗어나지도 못하고
내 안으로 들어오지도 못한다
漢文이 또 하나, 나의 국어임을 알게 된다

격이 없으므로 격이 있고
격이 있으므로 격이 없다
아직도 혀에 모터가 붙어 있는지?
그렇다면, 모터를 떼든가
혀를 뗄 일이다

境界를 넘기까지

잘 모르는 어떤 이가 내게 와서 좀 비켜달라고 한다
나는 비켜주었다
어떤 이는 내가 비켜준 길을 밟고 갔다
나는 다시 제자리로 갔고, 어떤 이는 나의 길을 넘어
자기 길로 간다
길은 여전히 길로서 있었고
길은 오래전부터 길이었다
길은 앞으로도 계속 길로 남아 있을 것이다
더, 넓혀지거나 아니면 좁혀지거나
그것도 아니라면 아예 길이 없어지거나
그러나, 그것은 길의 몫이 아니다
또, 누군가 나를 향해 오고 있는 것이 보인다

粗惡한 쓰레기들의 바람, 걸레거나 아니면 행주거나
하여튼, 얼굴은 아니었다
이미 모든 얼굴은
경계가 지워지거나
없어진 것 같았다

시방세계

귀뚜라미 울음
귀만 열린 세상
섬돌 밑에,
신발들 어지럽고
영하 12도,

귀를 털털 털자,
눈알과 눈알 사이로
하얀 눈이
부스스, 세상 먹는 소리
시방, 겨울 오는 소리

마음의 그늘

새벽이다
밤을 꼬박 새
달려온 길이다
물안개
비안개
아파트 지붕 위의 햇살이
뭉텅이의 기억을 견뎌내며
조각조각
찢어진다
붕괴된다

새벽이다
밤새 달려온
햇살이
넓고 깊게
퍼질 것이다
내 마음의 상처 난 비늘들이
누덕누덕

이파리들을

긁어모으며

항문 근처로 몰려들 것이다

잠시, 나를 내려놓고

人生의 徵兆란,
하늘에 구름 두어 점
떠 있는 것이겠고,
세상의 兆朕이란
두어 점 보이던 구름
홀연,
자취를 감추는 것일 텐데,

하잘것없는 衆生들은
어쩌자고
希望만을 이야기하는지
이름도 모르는 희망의 골목들을
뒤지고 다니는지
되돌아서면 눈에 보이는 건
하찮은 慾望의
化石일 뿐

두어 점 구름이 나타났다가는 잠시

눈을 돌리면 허공뿐인
아득한 絶望!
그곳을 향하여
사뿐히 내려서고 싶다

나날의 들숨

찬바람 불고, 먼지 낀 방충망
죽은 지 오래된 모기 한 마리
말라붙었다

모든 죽은 것들,
송장들,
썩어가는 시체들,
그러지 못하는 것들,
말라버린다

全盛時代의,
점점이 떨어지는 오줌방울
대동강 물 팔아먹던 그 솜씨인가
멀리 아래로,
떨어지는 대로 고이는
새하얀, 좌변기

고개 들어,

한 시대의 먼지 옴팍 낀
방충망을 턴다
이지러지는 방충망 위에,
얼핏 살아나는
오래된 사람들의 얼굴, 모습

방충망을 넘어오는 햇살에 눈이 부셔,
아득한 곳부터 밀고 올라오는
물보라 숨보라 힘보라
먼지가 天空에 가득 차고
들숨을 찾으러,
가는 또 오는,

빈산

내가 잠깐 한눈을 파는 사이
그것들은 내 속으로 들어왔다
아주 잠깐 사이,
그것들의 소리를 듣고
그것들의 맛을 본다
난, 눈이 멀었다

언제부터 나는 한눈을 팔았을까
나무들은 바람에 떨고,
앙상한 가지들은
뿌리를 향해
몸을 움직이기 시작했다
그것들 속에, 눈 오는 겨울이 보인다

으슥한 곳에, 이르다

나의 내장은
전부 내
안에 있다

한 번 꺼내서 바람을
주고 싶다
헛소리를 주고 싶다

산골 개울물의
내부를
보고 싶다

시작 메모

산골짜기 개울물 줄기를 따라가다 보면, 마침내 하늘을 만나게 된다. 자꾸자꾸 올라가다 보면 나는 어디론가 사라져버리고, 목숨 값하느라 하늘까지 따라온 하얀 물줄기를 만나서야, 되돌아갈 길, 아득하여 길 잃게 된다. 아뿔사! 삶이란, 하고 말하는 그 현란한 어법에 잠겨 눈 감는다. 대개, 오르는 길이 이와 같다.

두 잔의 물

누군가 내게 와서
잠의 길을 아느냐고 물었다

타는 입천장과
목구멍, 꼭
꿈길에 너를 만나면
약속이나 한 듯
두 잔의 물을 내놓는다

너는 아직도
할 말이 남은 것이다

큰길
아무도 다니지 않는 텅 빈
꿈길

저, 건너

닭장에 불이 났다
닭들은 날개를 퍼덕여
하늘로 솟았다

닭장은 모두 타고
사람만 남았다
사람이 닭장이다

올가미라고 생각한 것이
어디, 닭장뿐이랴
날개가 없어,

퍼득이지도,
날아오르지도, 못한 세상은
그냥, 불구대천!

언제 스스로 자유롭다고 했는지,
갇힌 슬픔 뉘 알아서
절망이라고 말하랴

나는 암이다 7

　자꾸 모르는 길들을 물어물어 찾아다니던 시절이
있었다
　그때는 그것이 진실이며, 성실인 줄 알았다
　익히 알고 있는 길은, 그것이, 다시 그 길을 간다
는 사실만으로도
　지겨워, 숨어서 모르는 길을 찾아가며 길을 만들어
다니던 시절이 있었다
　그때는 그것이, 王道인 줄 알았다
　사나이들의 길인 줄 알았다

　길 곳곳에 코스모스가 흐드러지게 피고, 사이사이
　가을바람 사이사이 눈에 익숙지 않는 낯선 팻말들
이 보여도, 그것이
　코스모스와 관계 있는 것쯤으로 여기고 그냥 지나
쳤던
　때도 있었다, 얼마쯤 지나서였을까, 자꾸 코스모스
밭이 길을 가로막고
　꽃길을 밟는 것이 어색해서 돌아가려고 하면, 돌아

가는 길을 따라
　무던히도 따라오던 코스모스들이 어느 밤엔가, 자
취도 없이 사라진다

　길 곳곳이 패고, 낯선 팻말의 말들이, 자음과 모음
들이
　제멋대로 흩어져 새로운 말들을 만들고 있는 것을
보았다
　밤이 되면 그것들은 모두를 아는 것 같았다 자음이
모음과 만나
　서로 부추기면서, 密約을 하고, 다음날이면 언제
그랬느냐는 듯
　서로를 떠밀면서, 아무렇게 몸 굴리는 소리들로 태
양 아래서는
　시끄러웠다, 귀를 막지 않을 수 없었다, 癌이란 사
실을 알게 된 건——!

왕국의 동물

일요일 오후, 하루 종일 쉰다는 핑계가
비스듬히 방바닥에 누워
한없이,
끝없이,
속없이
개기는 일,
노는 것도 일이고
개기는 것도 일이고
일도 일이다, 앗뿔사!
티브이 속을 얼렁뚱땅, 쏜살처럼 지나가는
동물의 왕국
한 장면,
나는 그게 왕국에 사는 동물들 이야기인 줄,
잠시 착각,
속없이,
끝없이,
한없이,
개기고, 또

죽이는

왕국의 동물들, 일요일

오후 늦은 시간

쓸데없는 일들로 세월 죽이는,

또는 혹사시키는

관광버스

놀 땐 일하고
일할 때는 놀자

浮石寺 가는 길 언저리에
잠시 쉬는데
누군가 휭 하니 지나며
한소리 했습니다
관광버스 줄줄이 세워놓고
오줌들을 누며

문득,
바지춤 올리다 말고
가을 하늘 쳐다보니
왜, 그리도 맑고
깊던지
눈알이 다 시리더라구요

놀 땐 놀고

일할 때도 놀자

그런 줄 알았지요,

달 지는 남쪽

단옷날 저녁 어스름
때 이른 더위가 도시 한복판을
난장으로 내몰고, 이른 더위에 지친
구경꾼들 시장통 술집으로 달려가
몇은 막걸리로,
또 몇은 소주로,
순대 머릿고기 질펀한 안주로
전날부터 만취 대취,
술이 덜 깬
속을 풀고
더위를 달래고
밤이 으슥해서야
風物의 난장을 끝낸다

아직도 성이 안 차는
몇몇은 끼리끼리
어울려 징을 두드리고
꽹가리들을 집단으로 두들겨 패고

북이 찢어져라 소리를 질러대고
자정 넘어 도시의 불빛들은 하나둘 꺼지고
몇몇 남은 사람들
제가끔 어둠 속으로 뿔뿔이 흩어진다
내일이면 늦는다 오늘 이 밤이
저문다, 갈 곳을 향하여 돌아가야 한다
風樂 소리 아련히 멀어져가고
도시의 남쪽으로
슬며시 달이 진다

티베트 打令

티베트엔 가서 뭘 하게?
티베트 보러?
갈 거 없어, 그냥
여기 있다가 보면
티베트가 와,

인도엔 가서 뭘 하게?
인도 보러?
인도 없어!
인도가 다 여기 와 있잖아,
갈 거 없어
네가 인도고 티베트야

절망 다음에 오는 게 뭔 줄 알아?
희망이라고 생각하면 안 돼,
다른 절망이야,
그냥, 여기서
고스톱이나 치고 심심하면

떡이나 쳐
밤낮!

客死

저 붉은 피!

밤새 나를 괴롭힌 대가다
너의 죽음은
필사적이다
절망적 순교다

내가 잠들었을 때
실컷
나의 피를 빨아먹었을 땐
내 손에 잡히든가, 아니면
도망가려거든
멀리나 가지
가서,
또 다른 피의 맛을 찾아보지

내 방 안에서
먹던 피 또 빨아먹고

드디어,
너는 나의 시선에
잡힌다
대가치고는 허망하기 이를 데 없으나

죽음을
두려워 말라
세상은 너의
생존처럼
피투성이다
너의 假定은
너의 파멸이다

하늘 아래
그 누가 있어
客死치 않는 生命
보았느냐

저, 하얀 피!

슬픈 地熱

똑, 소리나는 단추라고 해서
주섬주섬 주는 대로
윗도리 하나 사왔는데,
막상 집에 와 입어보며 단추를 채우는데
딱, 소리가 났다
속은 것 같았다— 소리가
다르지 않은가

그랬다
아주 오래된 가게들 사이사이로
날리는 눈발과 함께 소리들의 모든
시늉이 사라져버린 것이다
나는 그것을 생각 없이 쳐다보고 있었다
오래전부터,

이제는 돌아가야 할 거야,
저 소리들,

타클라마칸

너 왜 거기 있느냐
풀뿌리 나무뿌리조차 없는, 거기에
어찌 모래로 남았느냐
숱한 돌들이 길을 막고,
내일을 알 수 없는 山脈이 길게 줄지어 선
땅,

오는 것은 언젠가 가고
갈 것들이 또 온다
산맥이 허물어져
모래로 남는 땅,
너 왜 거기에 바람으로 떠도느냐
한숨으로 떠도느냐

동창회 월보, 타클라마칸

아직도 우리에게 이름이 남아 있니,
만나서 웃고 떠들고 욕하고 비웃고, 시비할
세상의 거름이 남았니,
모두 낙타에 오르자,

자, 술잔을 들어라 그리고
가랑이에 끼고
미지를 향하여 일어서자,
어제의 바람이 사막을 잠들게 하지 못한다,
눈 내리고 비웃으며 바람 분다,
등불조차 가물가물한,
너의 얼굴이다,

신기루를 쫓아가는 꼬리들이 거친 숨 몰아쉬며
천산에 오른다
동창들 만나거든 나 여기 없다고 그래, 언젠가
구름으로,
바람으로,

먼지로,

다시 돌아오겠다고

전해줘

사막이 바다를 만나는 그런 날,

모래들의 잠, 타클라마칸

하늘 구름 두어 점
땅으로 가고,
육지의 것들 육지기하며, 바로 어제
쓸쓸한 날들의
화장실로 간다 땅이 하늘을 버리고
욕망도 조금,
헛소리도 약간,
비난도 만만할 만큼,

우리는, 약속 없이
변소 앞에서 만났다
잠깐, 눈빛을 나누고
노크한 순서대로
설사를 만나러 갔지
네가 내가 아니듯이
나도 너는 아니다

바람결에 구름이 흩어진다

사막의 밤이 깊어간다
아득하면 되는
날들의,
기억이다
뚱뚱이다 이쯤해서는, 모두
말 위에 올라
먼 데를 향해 가야 하는 거
아닌가

타클라마칸 2

우루무치까지 가면 갈 데까지 다 간 거다
모래 한 알 한 알 쌓아서 만든 사막이다
天山까지 가면 갈 데까지 다 간 거다
내 마음 그득 달빛 주워 담으면 올 데까지
다 온 거다

하늘 밟고,
햇빛 밟고,
물길 건너, 또
말도 안 통하는 인상 쓰기로
욕먹으면서 西域까지 나가보니
갈 길이 더 생긴다

種族이 바뀌고
역사가 미래가 되고
거울 속에 모래 먼지 끼는 실크로드
낭랑한 回敎徒들의 경 읽는 소리,

물 한 모금 얻어먹고
쓰디쓴 잠을 청하자
갈 데가 더 없다는 걸
꿈길에까지 전해준다
타클라마칸!

나는 암이다 3

太初에 암이 있었다
모든 것이 암으로부터 시작되었다
처음부터 癌으로 시작되었다
암도 처음에는 정상적인 궤도를 운행하는
모범이었으나, 그것이 믿음을 잃고
유혹에 빠지면서부터
혹으로 돌변하고
腫瘍으로 자라고
암으로 스스로를 달래고 치유하고, 반복
재미를 붙이더니
드디어, 그 존재는 魔王의 반열에 올랐다
왕이 되고부터는 그 자리에서 내려오기가 싫었던
거다
태초에 말씀이 있었고, 말씀과 더불어
癌이 있었다

스스로를 즐기지 못하는데,
어찌 암이라 이름 붙일 수 있으랴?

모든 絶對者는 곪기 마련이던가, 시름시름
王과 權力과 癌을 즐기던 모범을 잃기 시작하면서
세상은 사단이 벌어지기 시작하였다
그걸, 이름하여
癌的存在!
작은 왕은 큰 왕에게 먹히고
작은 권력은 큰 권력에게 씹히고
조무래기 암은 덩치 큰 암에게 짓밟히고
모든 작은 것들은 크고 힘센 것들에게 자리를 빼앗
기면서
시작된 역사는,
급기야 작고 힘없는 생존자들의 반란을 불렀으니,
이름하여
癌的存在!──너로 하여,

나는 암이다

몸매

문을 열 때마다,
소리가 난다
피융 피융, 따콩!

모든 소리에는 역사가
숨어 있고,
현재가
현실이다,

오바이트하지 마라,
기름이 떨어져, 차를
말 몰듯,
낙타 몰듯, 힘겹게
먼 길을 간다

지나간 길, 누구도
되돌아올 수 있을지
장담 못한다, 아무도

넘치게도,
모자르게도,

이윽고, 수풀 사이
길이 뚫리고,
바람이 불어오는 쪽으로,
석양이 운다

不和

자꾸 혀를 씹는다
내 입 안의 혀, 그
처량한 세월을 지나, 벌써
반 넘게 씹어버렸다
모처럼 삼킨 삼겹살 한 점과
뒤섞인 짭조름한 혀 한 점,
不治의 虛空이다
감히, 핏대를 올리건대
생각만 있지
말을 잊었다

자꾸 고기를 씹는다
자꾸 혀를 씹는다
뒤섞인, 허름한 세월의 맛
월미도 건너
무의도 지나
점점 깊어지는 바다
아주 오래된 颱風 지나는 걸,

물끄러미 바라본다
생각만 있지
말은 없다

다시, 희망을 이야기한다

한 해가 저문다
영광과 실패,
자랑 또는 상처와 굴욕
어설픈 좌절과 욕망으로 지친
한 해가 저문다

한입 가득 해를 베어 물고
나의 내부로부터 자라온 신산한
이상을 잠재우고, 속이 허전한
벌판 너머 해가, 해가
다시 저문다

이제, 모든 시간으로부터 벗어나
여기까지 이끌고 온
혹은, 이끌려 온
짐을,
짐들을 내려놓아야 한다
생각을 내려놓아야 한다

넋을 내려놓아야 한다
갈피를 잡지 못하고 우왕좌왕했던
시간들을 용서해야 한다
알고 저지른 모든 허물들도
용서해야 한다
알지 못하고 저지른 잘못들도
용서해야만 한다

분노와 슬픔, 비난으로 얼룩졌던 모든
상처들도
어루만져야 한다
용서하지 않으면 안 된다

한 해가 저문다
저무는 것이 순리라면
다시 떠오르는 것은 희망이다
西로 향한, 크게 벌린 두 팔을
등 뒤로,

黎明이 올 때까지 기다리고
기다려야 한다

잘 다니지 않는 길을 향하여,
우울과 이상으로!

나 홀로 두리번거리다

나 홀로 두리번거리다
아무도 보이지 않는 길,
텅 빈 곳에 인적마저 사라진, 한낮
잠깐, 누군가 길 끄트머리 저쪽에서
나를 향해 손짓하는 것을 본다
눈 비비고, 다시 바라보니
햇빛이 열에 들떠 구르는 소리
나 홀로 두리번거리는 곳에
쓸듯이 태양이 스치고, 곧바로
어둠이 온다
아직은 모든 것이 이르고,
새롭기에는 모두들 지쳐버린 것
같아, 나 홀로 두리번거리는 사이사이에도
해와 달은 두서없이
자리 바꿈질,

빈 들판에서 들려오는 목소리
— 여주 점동 삼합리의 광일에게

여주에 가면 경기도 여주의 소리가 있고,
원주에 가면 강원도 원주의 바람이 있다
충청도 충주에 가면 충청도의 흙먼지 날리려는지,
이 모든 표정들이,
일탈과 참견의 힘으로
서로가 서로에게 대꾸하고
조응하는지,
남한강과 섬강이 만나 봄의
뿌리들을 뒤섞고,
벌판에 알몸으로 선다
텅 비어, 혼자 공중에 우짖는 새들
하늘은 아득하게 열려 있으며,
강물은 홀로서 유유자적하다
경계를 넘어
인심을 가로질러
역사와 시대를 하나로 엮어
모든 소리 풀어헤쳐
아래로 아래로 흘려보내는데,

과거로 향한 하류행

이와 같은가

간혹, 뱀장어나

물오리들이 알은체, 인사를 하며

지났을까,

건너고 돌아오는 길이 여주 삼합리에는 분명

보이는 듯도 한데,

빈 들판을 쏘다니는 한줄기 빗소리였을까

어둠을 벗는 소리들의 잔치였을까

對話
—— 수족관 우럭과 광어의 말씀들 중에서

난 물을 뿜어주는 것도 싫고,
형광등 불을 밝혀놓는 건 딱 질색이야,
자넨 정말 잘도 적응을 하는군
자넨 줄창 불만이로군,
살 수 없어, 탈출을 하든지 해야지,
애초에 붙들리지를 말았어야지,
도대체 이놈의 집구석은
신선미가 없어
이곳은 우리 같은 족속들이 살 곳이 못 돼
좀 지내봐, 이곳도 정붙여 살다보면
살 만해, 때 되면 먹거리 갖다 주지
큰 힘 안 들이고도 슬슬 꼬리치기만 해도
구경꾼들 몰려들지,
자네같이 거칠게 살아온 漁生들이야
적응이 잘 안되겠지만, 아마
거친 촌티만 벗는다면
이곳만 한 천국도 없을 걸,
꼴에, 꼴값을 떠는구만,

너 가두리 출신이지

난 자연산이다

내 보기에 넌 양식이야

넌 제왕절개지

난 자연분만이다

네 엄마가 고생 좀 했겠구만

푸른 물 넘실대는 남해 바다

그 바다가 좋았지,

가두리 속에서 남해 바다가 무슨

소용이 있니,

난 북태평양이 고향이란다

멀리서 오느라고 고생 좀 했겠구만

가두리에서 사느라 인간들의

매운 손맛, 익숙하겠구만

쉿, 조용히 해

뜰채에 걸리면 너나 나나

즉사야!

허연 모자 쓰고

때국물 찌든 허연 옷 입은 저놈,

주방장놈,

인정사정없는 놈이야

죽도록 피하면서 살아야 해,

부디 생명이 다할 때까지

살아남거라

살살,

나에게 물처럼 다가오다

오래간만의 낮잠
모든 시늉들이 조는 듯
섬돌 아래,
강아지도
처마 밑의 제비네까지
뒤울안의 돼지 새끼들도
속수무책!

오래간만의 시늉,
조는 듯
물 마시듯
가시방석 아니면 바늘방석
깊은 기지개 후에
하늘 전체가 흐려지는 걸 본다
雙方過失!

不歸의 客

엄마의 젖가슴은 언제나 山이었다
엄마의 젖가슴은 언제나
구름이었다 그리고
바다였다 속 깊은 하늘의
속살이었다

종이 울릴 때, 그 가슴 안은
하얀 속살이었다 그랬다
눈물이 푸르다고 믿는
노여움이었다

산도 구름을 떨구고
계곡도 不歸를 멀리한다 이슬은
이슬의 이름으로
먼 손님들의 韻律을
홀로 수놓는, 비로소
山이다

잠깐 실례하고
잠깐 감추고
한 세월 시달리고, 네가
뒤꿈치를 들어올릴 무렵 세상은 너로 하여금
너를 이름이게 한다
용서해다오

네가 없어도 너고
내가 없어도 나다
이름을 지우자
불귀의 손님

호박의 東洋的 마음 씀씀이에 대하여

호박은 불안하다
노랑색 꽃이 하늘 아래, 그 봉우리를
틀 때까지
좁은 마당을 오랜 꿈에 시달리며, 긴 숨으로
피 흘린다

호박은 언제나 자랑스럽다
어둠으로부터 탈출하는 日常은
한길에 홀로 나선 탈출은, 홀로
갈 길을 모른다 노랑색이 그 머리 위에
머리의 이름으로
달려 있을 때까지
어둠이 어둠으로 완전할 때까지
탈출이 탈출로 완벽해질 때까지
일상이 일상적으로 처참해질 때까지
호박의 슬픔이나
기쁨에 대하여
다만, 마음 씀씀이에 대하여

오래도록 만나지 못한 친구를 찾아
길을 나선다

길고 어둡고 두렵고 돌아갈 길을 모르는
완벽한 日常,
그런
마음 씀씀이!

해수관음
—진정한 사랑은 온라인으로 서비스해준다

이 밭도 개똥이다 저 들도 소똥이다 바닷가 누런 언덕 슬그머니 앉은 말똥들은 또 어떻게 허구, 그 씻은 듯 깨끗한 얼굴 아래 홀로 향기로운, 빛이 밝은 건 또 어떻게 하구, 낙산사 길 찾다 퍼질러 앉은 똥밭 사이사이 어깨동무한 저 냄새, 海水觀音은 어디? 바다를 끌어다 바다를 만드는 觀音은 어디?

저 강물도 오줌이다 이 바다도 下血이다 놀다놀다 힘겨운 손, 어쩌자고 觀音像 코만 잡고 시비하는지 동해 바다 너른 물길로 한없이 늘어지는 저 코를 어쩔 거냐, 한둘이 잡아야 주든지 말든지, 무수한 손들 틈새로 봉그죽 솟아나는 어머니 떼거리로 뭉텅이로 사납게 솟아나는 어머니, 당신은 왜 또 거기서 눈물 흘리시는지,

아가야, 내 뒤가 없다 누가 뒤통수를 떼어갔나 보다, 잘 보세요 뒤가 없긴 왜 없어요 아냐, 아무래도 허전해 없는 거 같아, 염려 마세요 잡은 코나 놓치지

마시고 그냥 주욱 가세요 천당이건 극락이건 생각지
마시고 도망치듯 가세요, 애야, 그렇지 않다 이렇게
허전한 걸 보니 뒤통수가 완전히 없어졌나 보다, 염려
마세요, 뒤가 마려우면 뒤가 없는 것같이 느껴져요
걱정할 것 없어요 달려드는 저 손들을 또 어떻게 해!

   그래서 바다로 길을 만드는 거예요, 모세 아시죠?
그 보살처럼 바다에다 대고 승질부리는 거예요,

나는 암이다 2

주안역 앞에 인천사랑병원이 있다
오래전부터 그곳에 사랑병원이 있었는데, 처음에는
그 이름이 세광병원이었다
세상의 빛 世光이, 사랑으로 바뀌어
온 병원이다, 나는 여기서 암 수술을 했다
처음에는 직장에 생긴 암이 나중에는 肝으로 가더니,
내 안의 어떤 힘과 맞붙어,
癌과 사랑이
오래도록 서로 눈치들을 보고 있다
그랬다, 세상은 고요하고 고요한 가운데
치열한 눈치로 層階를 높이고 있다, 대저
계단과 계단 사이의 간격을 허물고,
層과 層 사이를 터서, 막연하게 소통시키는 것이
─2층을 털어, 3층과의 경계를 허물고,
1층은 공간 같지 않으니, 밀어서 4층에 붙이고
모든 경계의 계단들과 못 쓰게 된 난간들은
한데 모아, 버릴 수 없으니─ 아까우니, 고스란히
그 자리에 塔을 올린다, 올리다

더 못 올리면, 옆으로 빼서 층계와 난간을 만들고
세간을 들이고, 임시 거처는 오래된
아늑한 공간처럼 빈자리를 넓게 차지한다
그 모든 것이 생각날 때마다 하나씩 또는 떼거리로
마구 솟아나는 사랑의 이름—,
나는 癌이다

진눈깨비

눈이 온다
세상, 암과 흑
모두 덮듯,
눈이 온다

소리도 온다
눈만으로는, 무언가
부족한지
비도 함께 온다

앗뿔사!
시계가 고장이 나
말이 안 통하는구나
눈 대신 비, 비 대신 눈이
아니라, 그냥 눈,
눈밭이어야 하지,
그렇지,

소리가 온다

눈이 온다

비가 온다

암과 흑이 오고,

침묵이 온다

나도 네가 아니지만,

너도 나는 아니다,

창문을 열자!

光化門에서

모처럼 광화문 네거리를 다녀왔다
참, 오랜만이다
이제는 아무렇지도 않은 철 지난 과거,
거기 광화문이 있다
이제는 누구도 보살피지 않는 오래된 상처,
열을 맞춰 달리는 차들의 행렬,
순간 모든 게 정지되고,
피 흘리던 역사의 흔적들은
아우성으로만 멀리서 달려온다
갑자기 파란 불이 켜지고,
그만!

뒤를 돌아보니 모르는 것들 투성이다
그랬다, 예전부터 내가 알고 있던 것들은
없었다
그냥, 나는 그 모든 것들을 다 알고 있다고
스스로 믿고 있었던 것뿐이다
아득한 곳에서 달려오고,

또 아득하게 사라지는 것들,
한 세기의 흔적이,
한 인생의 아우성이,
흩뿌리는 눈 속으로 사라진다
사라지고, 사라지는 눈 먼 사이사이로
신기루처럼 광화문이 다가선다

누구에게나 상처는……

하면 하고 말면 마니

비가 오면 비를 맞고
눈이 오면 눈을 맞는다

배가 고프면 밥을 먹고
목이 마르면 물을 마신다

뒤가 마려우면 똥을 누고
졸음이 오면 잠을 잔다

하면 하고,
말면 마니,
사람 사는 일,
이와 같으니,
부러울 것 무엇이,
있으리오

隱者, 如是說法

隱者는 눈길을 옮기지 않고,
智者는 손을 쉽게 움직이지 않고,
賢者는 발길을 함부로 옮기지 않으니,
自古로, 옛 隱逸寒士들의 삶이
이와 같으니,

현명한 이는 몸이 바쁘고,
지혜로운 이는 마음이 바쁘다
隱人은 온갖
事物 理致 넘어, 동서남북 중앙 모두
잃은 가운데 襤褸 한 장으로 홀로
平正하니,

현명함을 잃고
지혜를 어찌 구할 수 있으며
떠도는 眞理 가운데
무슨 눈 있어
바람을 알 수 있으리요

賢者, 如是我聞
—무의도재빼기산장주 털보 장씨 親展

예전에는 바다가 섬을 키우더니
요즘은 所聞이
섬을 키운다
나는,

海風에 빛도 넋을 잃어
모든 게 사그라지는
黃昏무렵의 黃昏,
섬들끼리
바람의 말을 주고받으며
바다는 日沒을 향하여 자꾸만
膨脹한다
나는,

밤새 온 물살에 시달린
섬들 사이사이
黎明의 뿌리
물방울들의 힘으로

섬은 자란다
나는,

섬과 섬 사이에 난
길 위에서
바람의 노래를 듣는다
소리 없는 바람의
노래를 듣는다
나는,

나는 암이다 10
── 오징어로 만든 얼굴

癌細胞를 죽이기 전에
굶어 죽겠다

시집가는 조카딸 아이네 함이
들어온다고
내려가 봤더니, 신랑 쪽 친구들이
아까부터 함을 사라고 개기며 신부네 식구들을
골려먹으며 얄랑궂은 짓을 서슴없이 해대며
쫓아가면 줄행랑도 놓다가
곧 풀어놓을 것처럼 함을 내려놓을 듯하다가
도로 들쳐 업고 뺑소니도 치다가, 그러기를
서너 시간
모조리 검정색 양복을 조폭처럼 차려 입은
신랑 친구들, 얼굴에는
온 오징어로 얼굴을 가려 오징어 얼굴을 만든 놈
반쪽 오징어로 얼굴을 반만 가린 반 오징어
오징어 다리만 턱에 붙인 놈
오징어 머리를 이마에만 댄 놈

각양각색이다

함 팔다가 지치면 시국 토론도 벌이다가

실없는 소리로 동네 조무래기들을 꼬셔서

온 동네를 혜갈을 벌이며 순행하다가

웃기기도 하다가

밤이 이슥해서야 함을 풀어 내려놓는데 보니까

오징어와 맨얼굴이 섞여

모두가 한 놈처럼 보인다

그랬다

모든 癌은 한 얼굴처럼 보이는

전부 다른 얼굴들이다 배고프다

나는 암이다 6

놈이 드디어 잠복 끝에 마각을 드러낸 것이야,

오랫동안 생존을 준비하던 놈은 드디어 惡의 이빨
을 드러낸 거야,

처음엔 다 공평했었지, 그걸 나만 몰랐던 거야

처음부터 차별이 있었던 건 아니야, 그걸 나만 몰
랐던 거야

누구나 그렇게 이야기했어, 그건 병도 아니라고,
그걸 나만 몰랐던 거야

세상이 다 잘못됐다고 나에게 충고했을 때, 그걸
나만 몰랐던 거야

참, 억울한 놈이 바로 나야, 나는 다 안다고 기고
만장 했었지—

그걸 나만 몰랐던 거야,

아는 게 없었던 거야

다 아는 것과,

아는 게 아무것도 없는 사이에

드디어 나는 갇혀버린 거야

나는, 내가 갇힌 줄도 몰랐던 거야

놈들이 마각을 드러낼 때, 나는 비로소
그 마각의 魁首가 바로 나 자신이라는 걸 알게 됐어
처음부터, 나는, 癌이었던 거야

나는 암이다 11
──寒食날

한식날 찬밥 잔뜩 그릇에 덜어
물 말아놓고
비벼놓고, 잔뜩 불은 밥
나중 먹을 이 위해 남겨놓고,
상을 물린다, 봐라!

무덤 위에 봄꽃들 더분더분 꽃 모강지
꺾여, 省墓객들 절하는
머리 위아래로 주먹 한 개 들락거릴 만큼
큰 입으로 봄꽃들 키득키득
속절없이 웃어대고—,

共同墓地 산비탈 빼꼼히 들어찬 봄바람
임자 있는 무덤들 임자 있는 대로
임자 없는 무덤들, 임자 없는 대로
그냥, 절만 하면 주먹 한 개 들락거릴 만큼
큰 아가리에 탱탱 불은 물 말은 밥 한 숟갈 퍼넣는다

호박을 어깨에 얹고 돌아오다
—— 오랜만에 야심한 시간에 광영이를 만나 호박을 얻다,
　　그 감회가 남다르다.

힘껏, 뿔을 차다

하늘에 걸리다

모름지기 공이다

太陽이다

힘껏, 발을 차다

마음에 걸리다

끼룩 끼루룩, 물새

산새 잡새

울음이 걸리다

오던 길을

되짚어갈지 몰라도

몸 하나만은 푸른 하늘 아래

둥글게 굴러가고 싶다

힘껏, 공을 차다

시골 武士 이야기

읽던 책을 덮자, 쏟아지듯 들려오는
지난 시절들의 햇빛
점점이 일어서고 사그러지는
해 뜨는 곳
해 지는 곳의 風聞들
내가 서 있던 그 자리로 뭇 바람들
햇빛에 삭막하게 그을려
울고 울던 섬 너머 바다 風景 울리던
철 지난 이야기 물방울처럼
다가온다
넘친다

눈이 부셔 눈을 뜰 수 없는 저, 夕陽은
어디로 가는가?
깨알들이 백지 위에서 平地風波를
일으키던
長劍의 風雲은 어디로 갔는가?
어루만지던 마음을 열자, 활짝

그물처럼 퍼지던 햇살은,

그리운 시절은

들리지 않는 소리를 찾아 떠난 지 오래!

내가 서 있던 자리

소리에 잠기고

어둠에 잠기고

물 그림자 길게 줄지어 선 사이사이 넘나들던,

武士는

이야기가 끝나자

칼을 놓고

어디론가 떠나갔다

시골 武士 이야기 2

칼을 내린다
우수수 떨어지는 낙엽들,
저 찬란한 비명의
날들,
발로 톡 차자
활짝 펴지는 화려한 날들,

날을 세워
어둠을 빛나게 한다
상처는 상처로 자라고
기억들은 기억으로 자란다
칼집에 칼을 넣으며
낙엽이 썩기까지
얼마나 많은
비명들이 필요할까

잠시, 손으로 만든
음악을 듣는다

날을 세운 무사의
손짓을 기다린다
백마도 없고,
하늘도 없고,
적들은 이미 지평선 너머로 사라진 다음,

소란스런 꽃밭 사이사이
창문을 비집고 들어오는 날선
햇빛!
난도질 당한 도마들의 행렬!

시골 武士 이야기 3

발로 칼을 톡 찬다
날이 선다
시원하다
이름만 남아,
이름으로 말하는,
이름으로 사는,

돌로 칼을 톡 친다
등조차 보여주지 않는 칼,
칼집 가득,
모래를 담아,
돌이 될 때까지
날을 세우는 빛!

발로 돌을 툭 차고,
칼로 땅을 푹 찌르고,
돌이 잘게 부서지는,
時間의 나라!

오래도록 염불을 외워,
드디어 沙漠이 되다

눈을 찌르는 빛을 피해,
劍도 버리고,
劍의 집도 버리고,
두 손으로 얼굴을 감싸고,
돌아선 武士!
지금은 신기촌 시장 입구, 모퉁이

풀빵을 굽고 있다
발이 돌이 아닌 칼,
돌이 칼이 아닌 발,
어설픈 사막에 武士
태양을 등지고 홀로 서다
중얼거리다

시골 武士 이야기 4

칼로 칼을 내리치자 그동안 먹었던,
모든 것을 토해놓고,
다시 食貪을 낸다 칼에 날을 세우고,
정신일도, 家門의 精氣를 온몸으로
꿀꺽!

바람 불 때마다 눈에 불 켤 일 사태,
天地間에 피 뿌리던 칼질도 잊고,
칼도 잊고 얼음처럼 빛나는 곁눈질로,
武士는 경운기 몰고 고구마 밭을
갈아엎으러 간다

개나리 진달래 산천에 흔해빠진 墓碑銘!
그래, 봄이 왔다 꿀꺽하러 가는 거다
삼천리 강산에, 작년, 저 작년만 못한 새봄이
시든 고구마처럼 왔구나 칼을 높이 세워라,
꿀꺽!

나의 일

나의 일은 시를 쓰는 일이다
시를 쓰는 나의 일은 나의 직업이다
시를 쓰는 나는 시인이다
시인은 누구인가
시를 쓰는 사람이다
시는 무엇인가
시인의 먹거리이며 미끼이다
시인은 무엇인가
사람이다
시는 무엇인가
시인이다
나는 누구인가
시인이다
시인은 누구인가
나다

나의 말은
내 밖에 있다

나는 암이다 5

　신기촌 시장 한 켠에 얍상스레 생긴 검정색 승용차 한 대가 서려는 듯 멈칫대더니, 살짝 열린 승용차문 사이로 손 두 개가 나오는가 싶더니, 개 한 마리가 길바닥에 던져진다. 뒤따라 누군가 내리는가 싶었는데, 차는 그냥 문을 닫더니 횡—, 소리를 내며 뺑소니치듯 사라진다. 개는 버려지자마자, 덜덜 떤다. 이 놈은 아직도 자기가 버려졌다는 걸 모르는 듯, 차가 사라진 쪽을 바라보며 몇 번인가 끙끙거리다가, 짖어대다가 행인들의 눈길에 꼬리를 감추고 우체통 옆으로 가더니, 오들오들 떨기 시작한다.

　홀로 된 것이다. 주인에게 버림받고 홀로 선 것이다. 이제 애완용 강아지로 온갖 아양을 떨던 놈은 거친, 잔인한 세파를 홀로 헤엄쳐가야 할 것이다. 안됐다는 생각이나 동정심을 갖기도 전에 이런 식으로 주인에게 버림받은 강아지들은 급속하게 더러워진다. 똥을 받아주던 주인은 어디론가 사라지고, 자기 몸에 똥을 묻히고 다니는 신세로 전락하게 되는 것이다.

　신기촌 시장을 맴도는 개는 기존의 개떼들에게 구

박받으면서, 행인들의 발길에 차이면서 조금씩 조금씩 비루해지더니, 보름쯤 지나서는 완전히 거리의 개로 탈바꿈하여 지나가는 얍상스레 생긴 검정색 승용차만 보면 짖어댄다. 아마, 실성한 것이리라.

다시, 보름쯤 지난 어떤 저녁 무렵에 보니, 눈 한쪽이 없어진 채 시장을 배회하고 있었다. 어디선가 주인들의 휘파람 소리가 들려오는 것도 같았는데, 추운 겨울은 쏜살처럼 어둠으로 갈 뿐 시장은 손님들을 다 토해버리고 백열등을 하나 둘씩 꺼가기 시작했고, 이내 어둠은 더 깊은 어둠의 뿌리를 향해 내려간다.

한 달쯤 지났을까, 밤늦어 완전히 소등된 시장 저쪽에서 거뭇거뭇 움직이는 개의 형상을 본 게 마지막이었다. 다시는 신기촌 시장 주변에서 개의 모습을 볼 수가 없었다.

외눈박이 나무

바람을 너무
외로, 맞아
가지가 한쪽으로만
뻗고
눈은 둘 데가 없어
땅속으로
보내다

누굴 찾아?
외눈박이들,
오른손들,
아무도
없다
컴컴한 나무들의
길을 따라
한참 가면, 나오는
銀河水 너머,
구부러지는 길,

바람을 너무 맞아
온몸이 한쪽으로만 기우는,
발을 둘 데가 없어
하늘 향해
서는,

나는 나를 묻는다

가을이 하늘로부터 내려왔다
풍성하고 화려했던 言語들은 먼 바다를
찾아가는 시냇물에게 주고,
부서져 흙으로 돌아갈 나뭇잎들에게는
못다 한 사랑을 이름으로 주고,
산기슭 훑는 바람이 사나워질 때쯤,
녹색을 꿈꾸는 나무들에게
소리의 아름다움과
소리의 미래에 대하여 이야기한다
거친 大地를 뚫고 새싹들이
온 누리에 푸르름의 이름으로 덮힐 때쯤
한곳에 숨죽이고 웅크려
나는 나를 묻는다
봄이 언 땅을 녹이며 땅으로부터
올라온다

'어쩔 수 없음'의 해학(諧謔)과
자학(自虐) 사이

함 성 호

이영유는 분노의 시인이다. 그의 분노는 생의 모순 속
에서 나온다. 그 모순은 계급적인 당파성이나, 제도나 규
범에 대한 불합리에서 나오는 것이 아닌 '어쩔 수 없음'
에서 나온다. 나는 이영유처럼 철저하게 망가진 인간을
보지 못했다. 그는 시를 망쳤고, 삶을 망쳤고, 나중에는
몸까지 망쳐버렸다. 그는 실패자다. 그는 실패한 인생을
살았다. 실패한 인생을 살았으므로 그는 생의 풀리지 않
는 매듭을 해학의 칼로 자르며 그 단면 위에 시를 썼
다. (따지고 보면 모든 위대한 시인들은 생의 실패자들이다.
보들레르도 금치산 선고를 받았지 않은가? 마찬가지로 모든
위대한 시들도 다 실패한 시들이다. 가슴 아픈 실패가 아니
고서야 어떻게 시로 남을 수 있겠는가?) 위악적인 시인은
많다. 위악이나 해학이나 자학을 바탕으로 한다. 자기에

대한 학대가 타인에게 가하는 가장 효과적인 방법이 될 때, 우리는 위악의 '포즈'를 취한다. 자학의 모습을 하고는 있지만 위악은 자기를 지키려는 가장 극단적인 방법인 것이다. 그러나 해학(諧謔)은 자신을 버리는 가장 극단적인 방법이다. 해학에 '포즈' 따위는 없다. 해학은 자기를 낮추어 ─ '謔' 모두를 아우르는 ─ '諧' 행위이다. 따라서 이영유의 시가 해학적이라는 말은 다름 아닌 그의 자학을 읽어야 한다는 말이며, 그의 자학이 발생하는 어찌할 수 없는 생의 지경에 닿아야 한다는 말이다. 우리가 이영유의 시를 읽을 때 이 모순에 찬 생의 지경에 분노하는 시인의 상태를 짐작하지 못한다면 우리는 그의 시를 제대로 읽어낼 수가 없다.

"어떤 광대가 있었다. 나무로 만든 탈을 쓰고 아내와 함께 한강 근처에서 놀이를 보여주며 밥을 빌어먹고 살았다. 어느 봄날, 얼음이 녹고 있었다. 이 광대 부부는 아직 녹지 않은 얼음을 밟으며 강을 건너고 있었다. 직업이 탈놀이를 하는 것이어서 그랬는지 탈을 쓴 채로 건너고 있었다. 그런데 갑자기 얼음이 깨지면서 광대의 아내가 물에 빠져 허우적거렸다. 광대는 당황했다. 죽어가는 아내를 구하지 못하고 통곡했다. 광대의 아내가 물에 빠진 것을 보고 사람들이 몰려왔다. 그러나 구경만 하고 있었다. 광대는 통곡하면서 슬퍼했지만, 구경꾼은 소리를 죽이며 웃고 있었다. 웃지 않는 사람이 없었다." ─『어우야담』

만약 시인이 광대의 운명이라면 이영유만큼 철저히 이 운명을 받아들인 시인은 없다. 그는 스스로 광대를 자처하며 살았고, 시 아닌 곳에서 자신의 슬픔과 비애와 분노를 드러낸 적 없었다. 그는 철저하게 시를 자신의 탈로 썼다. 그 탈의 표면에서 시인의 분노는 웃음으로 변했고, 익살로 둔갑하여, 참으로…… 그를 사랑하는 사람들을 불편하게 했다.

웃음, 그 분노의 장치

이영유에게 있어서 웃음은 마치 광대의 탈과 같아 그의 얼굴에서 떠난 적이 없었다. 항상 장난기 가득한 얼굴에 쭉 찢어진 눈, 튀어나온 광대뼈 아래 잘 발달한 하관을 낮추며 웃을 때 그의 얼굴은 영락없는 탈바가지였다. 그는 논리적인 달변가는 아니었지만 항상 술자리에서 분위기를 주도했던 (신기하게도 어눌한) 만담가였다. 아무도 그의 얘기를 귀담아듣지 않았지만 술자리가 어색하거나 분위기가 처져있으면 어김없이 그의 선창으로 '중간 때리기'라는 이상한 이름의 건배가 이루어졌고, 그러고 나면 다시 사람들은 왁자지껄해졌다. 그가 "자 이쪽에서 중간 때리기 한 번 하지?" 하면 사람들은 모두 잔을 들어 서로의 잔에 부딪혔고, 다시 술자리는 활력이 돌았다. 그러고 나서 보면 그는 여전히 혼자서 낄낄거리고 있었다. 그는 많은 사람들을 주도적으로 몰고 다니지는 않았지만

나이의 많고 적음을 가리지 않고 많은 사람들을 편하게 만들었다. 그것을 재주라고 말할 것은 없다. 왜냐하면 그는 사람들을 찾아오게 하기 보다는 자신이 사람들에게 가는 쪽이었으니까. 그는 불러주는 자리 마다하지 않았고, 부르지 않아도 흥이 나면 스스로 찾아갔다. 선배 시인으로서의 권위 같은 것은 아예 없었고, 어쩌다 충고 비슷한 걸 하고 나면 지레 겸연쩍어서 목 근육으로 입 양쪽 가장자리를 아래로 당겨 씨익 웃곤 했다. 그러면 정말 이상하게도 마음이 편해지고 마음 써준 시인에게 감사하고 싶었지만, 그것도 겸연쩍게 만드는 웃음이라 더 살갑게 잔을 마주치곤 했다. 그런 사람에게 무슨 분노가 있었을까?

나는 집을 버릴 것이다
식구들을 버릴 것이고
아들과 딸, 이웃들을
버릴 것이다
그래서 내 집이 하늘 아래
홀로 빛날 때
나는, 개천 건너
버드나무에게로 가
하늘과 집과 식구들과
이웃들에 대해서
이야기할 것이다

마치, 너처럼 지상에 뻗은

뿌리처럼

날개를 달아달라고,

그리하여,

나는 식구들을 버리고

아무도 따라 흐르지 않는

개울물이 될 것이다

　　　　──「누가 내 집 위에 집을 짓자고 한다면」 전문

　왜 무엇인가에 대한 강한 거부감이 가장 친근한 것들을 버리는 행위로 나타났을까? 가장 친근한 것들이 그 누군가여서일까? 이 시는 시인의 시적 태도를 가장 단적으로 드러내준다. 시인은 무엇을 거부하지만 그 거부는 부정적인 무엇과의 전면전이 아닌, 소개하며 후퇴하는 소극적인 방법이다. 이 소극적이며 자학적인 전술이 가장 효과적으로 쓰이는 경우는 프·러 전쟁과 독·러 전쟁이 보여주듯이 땅덩어리가 넓어야 한다. 그러나 시인은 도망칠 곳이 없다. 오직 도망칠 곳은 지상에 뻗은 뿌리를 닮은 개울물이 되어, 혹은 갈래진 물줄기를 닮은 나무의 뿌리가 되어 흐르는 것이다. "아무도 따라 흐르지 않는/개울물"이라는 구절은 이미 시인이 흐르는 물과 나무의 뿌리를 동일화했으므로 가능한 표현이다. 따라서 이 구절은 곧 '지상에 뻗은 뿌리'를 뜻한다. 움직이지 않는 뿌리가 아니라 움직일 수 없는 시인의 뿌리. 시인은 그 하나를 지키기 위해 모든 것을 소개시킨다. 식구들도 이웃들도, 그러나 그렇게 해서 남은 단 하나도 결코 굳건한 것은 아니다. 시인의 분노는 여기에서 일어난다. 팔을 떼어주고, 다리를 떼어주어도 끝없이 달라고 달려드는 저것들, 그 헛것들에 대한 두려움과 공포, 그리고 분노의 마지막에 와서도 더 이상 줄 것이 없을 때도 달라고 달려들 때 시인은 목 근육으로 입 양쪽 가장자리를 아래로 당겨 씨익 웃는 것이다. 그 웃음은 이제 겸연쩍은 웃음이 아니라 시의 영토를 무한히 확장시키는 힘을 갖는 웃음이다. 시인의 웃음은 집요한 자본주의의 침공으로부터 계속되는 후퇴인 동시에 자본의 힘으로도 어쩔 수 없는 공동을 만드는 것이고 결국 그것은 풍성한 시의 영토로 편입된다.

> 잘 모르는 어떤 이가 내게 와서 좀 비켜달라고 한다
> 나는 비켜주었다
> 어떤 이는 내가 비켜준 길을 밟고 갔다
> 나는 다시 제자리로 갔고, 어떤 이는 나의 길을 넘어
> 자기 길로 간다
> 길은 여전히 길로서 있었고
> 길은 오래전부터 길이었다
> 길은 앞으로도 계속 길로 남아 있을 것이다

더, 넓혀지거나 아니면 좁혀지거나

그것도 아니라면 아예 길이 없어지거나

그러나, 그것은 길의 몫이 아니다

또, 누군가 나를 향해 오고 있는 것이 보인다

粗惡한 쓰레기들의 바람, 걸레거나 아니면 행주거나

하여튼, 얼굴은 아니었다

이미 모든 얼굴은

경계가 지워지거나

없어진 것 같았다   ——「境界를 넘기까지」 전문

　이영유는 계속 비껴간다. 밀려오는 것들에 대해서 계속 자리를 내어준다. 그러면서 그는 한 번도 물러난 적이 없다. 왜냐하면 그는 배 지나간 자리에 다시 고여드는, "아무도 따라 흐르지 않는"(「누가 내 집 위에 집을 짓자고 한다면」) 물이고 스스로 "오래전부터 길"이었기 때문이다. 그래서 이영유의 시에는 불가항력적인 운명에 맞서는 한 인간의 비극이 부재한다. 이영유는 '어쩔 수 없'는 생의 진군에 스스로 순응하면서 고스란히 동양적인 것의 슬픔을 온몸으로 겪는다.

서양의 비극과 동양의 슬픔

　고대 그리스인들은 집요하게 이성을 탐구했다. 상대방

이 납득할 때까지 증명에 증명을 거듭했던 고집스러운 탐구 방식은 그리스 철학의 방법이었다. 피타고라스는 그런 그리스적인 인간형의 대표적인 인물이다. 그는 철학과 예술 등 모든 분야에 뛰어난 교양인이었으며 특히 수학에서는 '공측성'이란 방식으로 사각형의 넓이를 계산했는데, 이는 모든 수를 정수비로 나타낼 수 있었다. 그러나 그는 우리가 익히 알고 있는 '피타고라스 정리'를 발견하면서 자신이 세운 '공측성'의 원리를 스스로 부정하게 된다. 앎에 대한 끝없는 욕구가 자신이 자연의 뜻이라고 믿었던 세계의 원리를 스스로 파괴해버리고 만 것이었다. 결국 피타고라스 학파는 이 신비한 수를 발설하는 자에게 죽음을 선사하는 금제를 만들 수밖에 없었다. 자신이 누구인지 알려고 하는 오이디푸스의 끊임없는 욕망이 결국 비극으로 끝나듯이 그리스의 비극은 알려고 하는 인간의 욕망이 결국은 헛된 것이라는 교훈에 도달한다. 지식에 대한 끝없는 탐구와 그 탐구의 종말이 그리스의 비극이라면 동양에는 지식의 포기에 대한 슬픔이 있다. 비극이, 왜 이렇게 되었는가,라는 한 개인의 질문에서 시작된다면 슬픔은 '어쩔수 없음'에 대한 전체의 합의에서 나온다. 동양의 모든 철학이 인간 본성에 대한 정의를 빼놓고 있지 않은 것도 모두 그 때문이다.

　　이제는 별로 마음 둘 일 없네

바람 불고 하늘 높으니

그 氣韻 따라간밤에

창문을 두드리던 빗방울들

먼 과거로 흘렀고

새롭게 비가 오기 시작하네

새들도 둥지를 찾는 시간

떠돌고 흐르다

오랜만에 찾은 靜寂, 얼마큼

맴돌아야 서로 얼굴 볼 일 생길까

해 뜨고 기운 서늘하니

옹근 마음 풀어놓네

그만   ──「落葉」전문

　이영유의 시에서는 얼핏 보면 생에 대한 관조가 한 정
조를 형성하고 있는 것처럼 느껴진다. 무사무사한 일상
에 대한 찬미 같은 것이, 있을 법한 균열들을 얼른 얼른
덮어버리고 있는 듯하다. 그러나 그의 시에서는 항상 마
지막 연에 주목해야 한다. 그것은 그의 시의 마지막 연에
서 어떤 시적 점화가 이루어지기 때문이 아니다. 오히려
그의 시에서 마지막 연들, 혹은 마지막 구절들은 없어도
괜찮은, 혹은 없으면 더 좋을 사족 같은 말일 경우가 더
많다. 그러나 그 사족을 없애버리면 더 이상 이영유의 시

가 아니게 된다.(생전에 그는 말끝마다 '시방'과 '거시기'를 달고 다녔다. 심지어 문장 전체가 '시방'과 '거시기'인 적이 비일비재했다.) 뱀의 다리도 쓸모가 있는 것이다. 흔히 시는 언어를 함축하고 정제하는 작업이라고 하지만, 어떤 시인들에게 있어 사족은 시인의 태도를 드러내는, 없어서는 안 될 자유가 되기도 한다.

특히 이영유에게 있어 이 뱀다리는 자학의 포즈를 스스로 깨버리는 결정적인 역할을 한다. 또 관조적 달관의 분위기를 여지없이 무너뜨리는 데 한몫 하기도 한다. 이영유에게 있어서 몰아일체(沒我一體)와 노자적 달관은 동양적 사고관에 의해서 그가 오래전부터 경도하여 거의 체질화된 감이 있다. 평소에도 그와의 진지한 대화는 농담 속에서 이루어졌다. 그에게 농담이 아닌 말은 말할 필요가 없는 불필요한 소모였다.

나, 스스로가 품격의 기준이므로
품격은 나이다
혀에 모터를 달고 끝없이 굴려보라
무슨 소리가 나는지,

하여간 품격은
나로부터 벗어나지도 못하고
내 안으로 들어오지도 못한다

漢文이 또 하나, 나의 국어임을 알게 된다

격이 없으므로 격이 있고
격이 있으므로 격이 없다
아직도 혀에 모터가 붙어 있는지?
그렇다면, 모터를 떼든가
혀를 뗄 일이다
　　―「品格에 대하여 ― 품격, 그리고 한문을 쓴다」 전문

　동양 전통은 말에 대해서 가혹하다. 그것은 말의 불완전함을 단정하고 있다. 동양에서의 말의 사건은 이미 종결 처리된 사건이다. 그래서 노자는 "말하여질 수 있는 도는 도가 아니"라고 했다. 불가에서는 아예 말 자체를 버려버린다. 정말 냉정하고 과격한 철학이 아닐 수 없다. 그런 의미에서 이영유는 "말할 수 없다면 이해하고 있는 것이 아니다"는 공자의 명명론보다는 확실히 노자 쪽에 더 강한 확신을 갖고 있었다. 이영유에게 있어 말은 소통의 도구가 아니다. 왜냐하면 이영유에게는 그것이 긍정적인 것이든 부정적인 것이든 소용에 상관없이 동양의 슬픔, 즉 '어쩔 수 없'는 원리가 있었다. 그 원리는 "우임금은 양자강과 황하의 물길을 바로잡음으로써 천하 이익의 흥성을 도모했지, 물길을 서쪽으로 돌릴 수는 없었다. 후직은 황무지를 개간함으로써 백성이 농사일에 진

력할 수 있게 했지, 겨울에 벼를 자라게 할 수는 없었다. 어찌 사람이 할 일에 최선을 다하지 못했기 때문이었겠는가? 자연의 형세상 불가능했던 것이다"라고 『회남자』에서 말한 그 불가능한 자연의 형세가 있었던 것이다. 그것은 그대로 인간 세상의 모든 문제로 옮겨온다.[1] 이영유가 가지고 있는 말에 대한 불신은 이러한 동양 미학의 '어쩔 수 없음'에서 기인한다. 서양의 비극이 '어쩔 수 없음'을 알기까지의 과정이라면 동양의 슬픔은 '어쩔 수 없음' 그 이후의 일이다. 동양의 슬픔은 한 개인이 자연이라는 거대한 기계에 속해 있다는 인식에서 나오는 슬픔이다. 이 슬픔 속에서 동양의 지식인은 자신의 내면에 대해서 깊은 숙고에 도달했다. 동양의 사유는 그래서 모두 슬픔에 대한 숙고였다.

그러나 모든 제도나 규범이 '자연의 불가능한 형세'를 원리로 만들어졌던 과거의 사회와 달리, 근대 이후 서양의 방법들이 모든 제도와 규범을 제어하고 있는 오늘날

---

1) 이영유의 이와 같은 생각은 전한의 동중서 이래로 중국을 비롯한 동양의 일반적인 생각이 되었다. 천인지제(天人之際)라고 불리는 이 견해에 대해 풍우란은 그의 저서 『중국철학사』에서 다음과 같이 비판했다. "이러한 견해들은 모두 근거가 없는 견강부회들이다. 그러나 이러한 견강부회는 그(동중서)의 체계 속에서는 중요한 의미가 있다. 〔중략〕 그는 실제로 자연을 의인화하여 사람의 각종 속성, 특히 정신적인 측면의 속성을 자연에게 강요했고 다시 방향을 바꾸어 사람을 자연의 모사본이라고 간주했다."

동양의 정신을 유지하며 사는 것은 거의 정신병에 시달리는 일과 같다. 이영유이 실패는 고집스럽게 그가 이 동양의 슬픔에 대해 탐구하고 그것을 세속의 문제에서도 견지하려 했다는 점에 있다. 그래서 그의 시에는 동양 정신의 슬픔보다는 분노가, 자학과 해학이, 이지러진 모습으로 남아 있다.

> 나의 말은
> 내 밖에 있다 ──「나의 일」부분

해학(諧謔)과 자학(自虐) 사이

그는 이런 자신의 모습을 일찌감치 예견하고 있었다.

"보들레르, 10대 후반에 그를 만난 이후 그와 나의 관계는 지금까지 거의 40여 년을 지나는 동안 내가 그의 주위를 맴돌거나 아니면 그가 나의 주위를 맴돈 세월이었다. 나는, 가끔 이 세월을 불치(不治)의 세월이라고 나 혼자 쓸쓰레하게 생각하기도 한다. 왜냐하면 시 작업 자체가 본질적으로 치유 가능한 세계를 만나는 것이 아니라 치유 불가능한 세계에 머물 수밖에 없다는 인식 때문이다." [2]

─────────────

2) 이영유 시인이 남긴 유고 중 「보들레르──詩의 시작, 끝없는 中道」에서 발췌.

결국 그의 몸도 그러한 세계를 겪었고, 그는 떠났다. 나는 그가 죽기 며칠 전에 그의 부름을 받고 몇몇 문우들과 집에 들른 적이 있다. 시인의 집은 누군가의 집 위에 있었다. 집에 놓여진 단출하고 오래된 가구의 디자인을 보며 나는 비로소 시인의 연배를 짐작했다. 서로 알고 지낸 지 수 년이나 되었지만 새삼스럽게 그의 집에 가서야 그의 연배를 깨닫게 된 것은 나로서도 이상한 일이었다. 시인은 작은 방에서 투병 중이었나 보다. 우리가 현관에 들어 선 기척을 알았는지 불편한 몸임에도, 앉아서 우리를 맞이해주었다. 마르고 팍팍한 얼굴, 목의 힘줄이 거의 드러날 정도로 시인의 상태는 위험해 보였다. 그 찰진 목소리도 이미 꺾여 있었다. 그러나 반가운 얼굴, 그 익살은 여전했다. 놀기 좋아하는 사람. 나는 아마도 이영유 시인을 그렇게 기억할 것이라고 그때 생각했다. "니네들이 오면 중국인 거리에 놀러가려고 했는데" 그러고는 예의 목 근육으로 입 양쪽 가장자리를 아래로 당겨 씨익 웃었다.

　자꾸 모르는 길들을 물어물어 찾아다니던 시절이 있었다

　그때는 그것이 진실이며, 성실인 줄 알았다

　익히 알고 있는 길은, 그것이, 다시 그 길을 간다는 사실만으로도

　지겨워, 숨어서 모르는 길을 찾아가며 길을 만들어 다니

던 시절이 있었다

　그때는 그것이, 土道인 줄 알았나

　사나이들의 길인 줄 알았다

　길 곳곳에 코스모스가 흐드러지게 피고, 사이사이

　가을바람 사이사이 눈에 익숙지 않는 낯선 팻말들이 보
여도, 그것이

　코스모스와 관계 있는 것쯤으로 여기고 그냥 지나쳤던

　때도 있었다. 얼마쯤 지나서였을까, 자꾸 코스모스 밭이
길을 가로막고

　꽃길을 밟는 것이 어색해서 돌아가려고 하면, 돌아가는
길을 따라

　무던히도 따라오던 코스모스들이 어느 밤엔가, 자취도
없이 사라진다　　　　　 ──「나는 암이다 7」 부분

　그러고는 자꾸 생각난다고 했다. 무엇이요? "여기 이렇
게 누워 있으면 아주 오래전에 썼던 글들이 생각나. 20년
전에 썼던 글들이. 그때 그렇게 쓰면 안 되는 거였는데,
하는 생각들이 괴로워." 시인의 오래된 가구들과 헤어지
며 돌아오는 길에 20년 전에 썼던 글이 자꾸 생각난다는
그의 말이 뇌리에서 떠나지 않았다. 그리고 나는 그 후회
의 한마디로 이영유의 해학이 깔고 앉은 자학의 크기에
대해 짐작할 수 있었다. 창공에서의 고고함과 지상에서

의 남루함은 보들레르에게 있어 시인의 삶을 비유하게
했지만 이영유는 그 삶을 자신의 운명으로 삼았다. 그리
고 그는 그렇게 살다가 갔다. 지상에서의 남루한 삶은 그
를 자학적으로 이끌었고, 그 자학은 동양 정신의 초연함
을 입어 해학적인 모습으로 나타났다. 그러나 그의 시에
서 나타나는 해학은 어디까지나 해학과 자학 사이에 자
리한다. 그의 시는 완전한 해학에도 이르지 못했고, 완전
한 자학은 그가 바라는 바가 아니었다. 그는 언제나 이
자학과 해학 사이에서 방황했다. 그것은 그가 시란 어떠
해야 한다는 전범을 이미 갖고 있었기 때문이고, 그 전범
은 바로 보들레르였다. 그가 체질처럼 갖고 있던 동양 정
신이 그의 시를 해학으로 이끌었다면 보들레르는 다시
해학에서 자학으로 끌어당겼다. 이영유 시에서 나타나는
이 두 가지 인력은 그의 시 전편에서 두루 보이고 있다.
앞서 내가 '뱀다리'라고 불렀던 이영유의 장치는 다름 아
닌 이 두 가지 인력 사이에서 일으키는 갈등의 결과이다.
이 갈등 속에서 이영유는 기어이 창공을 나는 알바트로
스의 고고함마저 버려버린다.

　닭장에 불이 났다
　닭들은 날개를 퍼덕여
　하늘로 솟았다

닭장은 모두 타고
사람만 남았다
사람이 닭장이다

올가미라고 생각한 것이
어디, 닭장뿐이랴
날개가 없어,

퍼득이지도,
날아오르지도, 못한 세상은
그냥, 불구대천!

언제 스스로 자유롭다고 했는지,
갇힌 슬픔 뉘 알아서
절망이라고 말하랴   ―「저, 건너」 전문

이제 보들레르의 알바트로스는 이영유에게 와서 이미
하늘을 날았던 기억조차 가물가물한 닭장 속의 닭으로
변신한다. 그리고 "언제 스스로 자유롭다고 했는지"도,
그것조차 "절망이라고 말"할 수 없을 정도로 시인은 지
상에서의 자신의 남루를 뼈아프게 통찰한다. "퍼득이지
도,/날아오르지도, 못한 세상은/그냥, 불구대천!" 이영
유는 시인의 삶이라는 것도 이 첨예한 자본주의의 시대

에는 결코 알바트로스처럼 고고하지도 못하고, 고고해서
는 안 되는 거라고 외치고 있다. 그는 알바트로스를 끌어
다 그 못생긴 모습으로 지상을 걷게 하고, 당연히 시인의
하늘도 이제는 지상으로 내려온다.

가을이 하늘로부터 내려왔다
풍성하고 화려했던 言語들은 먼 바다를
찾아가는 시냇물에게 주고,
부서져 흙으로 돌아갈 나뭇잎들에게는
못다 한 사랑을 이름으로 주고,
산기슭 훑는 바람이 사나워질 때쯤,
녹색을 꿈꾸는 나무들에게
소리의 아름다움과
소리의 미래에 대하여 이야기한다
거친 大地를 뚫고 새싹들이
온 누리에 푸르름의 이름으로 덮힐 때쯤
한곳에 숨죽이고 웅크려
나는 나를 묻는다
봄이 언 땅을 녹이며 땅으로부터
올라온다   ──「나는 나를 묻는다」 전문

이 아름답고도 슬픈 시처럼, 시인은 스스로를 지상 깊
은 곳에 묻어버린다. "마치, 너처럼 지상에 뻗은/뿌리처

럼/날개를 달아달라고." (「누가 내 집 위에 집을 짓자고 한다면」) 하면 정말 그렇게 되듯이 그는 날개를 달고 지하의 뿌리로 돌아갔다. 그는 거기서 자유로울까? 아무 아픔 없이, 어떤 그리움도 없이, 그랬으면 좋겠다. ▨